CAMILLE SAINT-SAËNS

RIMES
FAMILIÈRES

PARIS

CALMANN LÉVY, ÉDITEUR

RUE AUBER, 3, ET BOULEVARD DES ITALIENS, 15

A LA LIBRAIRIE NOUVELLE

—

1891

RIMES FAMILIÈRES

CALMANN LÉVY, ÉDITEUR

DU MÊME AUTEUR

Format grand in-18

HARMONIE ET MÉLODIE..................... 1 vol.

6787-90. — Corbeil. Imprimerie Crété.

RIMES FAMILIÈRES

PAR

CAMILLE SAINT-SAËNS

PARIS

CALMANN LÉVY, ÉDITEUR

ANCIENNE MAISON MICHEL LÉVY FRÈRES

3, RUE AUBER, 3

1890

PRÉLUDE

PRÉLUDE

Te souviens-tu de la tonnelle
Où nous déjeunâmes si bien?
De l'étincelante prunelle
De la servante, et de son chien?

De l'omelette savoureuse?
De notre langage indiscret?
De la route au soleil poudreuse
Et des chênes de la forêt?

En déjeunant, la Poésie
Fut le thème de nos discours,
Et le goût de cette ambroisie
A ma lèvre est resté toujours.

Pourquoi? je ne saurais le dire,
Mais c'est un fait; pour mon malheur,
Je souffre à présent le martyre
Qui s'attache au flanc du rimeur.

Je suis prisonnier de la Lyre;
Apollon s'est fait mon geôlier.
Si rien ne calme ce délire
Je deviendrai fou à lier!

C'est toi, méchant petit gavroche,
Qui m'as fait ce cadeau fatal!
Ah! que n'es-tu sur une roche
Resté dans ton pays natal

Où l'huile vierge mais épaisse,
L'ayoli prompt à revenir,
La brandade et la bouillabaisse
Auraient bien dû te retenir !

Mais non ! c'est trop d'ingratitude !
Pardonne à mon esprit pervers.
Entre nous, c'est la solitude
Qui m'a mis la tête à l'envers.

Tu ne seras pas responsable
Si mes vers me sont reprochés ;
C'est moi seul qui suis le coupable
Et je t'absous de mes péchés.

Ou plutôt je te remercie :
Tu m'as ouvert un coin des cieux.
Sache-le bien : la Poésie
Est ce qui console le mieux.

STROPHES

LA LIBELLULE

Près de l'étang, sur la prêle
Vole, agaçant le désir,
La Libellule au corps frêle
Qu'on voudrait en vain saisir.

Est-ce une chimère, un rêve
Que traverse un rayon d'or?
Tout à coup elle fait trêve
A son lumineux essor.

Elle part, elle se pose,
Apparaît dans un éclair
Et fuit, dédaignant la rose
Pour le lotus froid et clair.

A la fois puissante et libre,
Sœur du vent, fille du ciel,
Son aile frissonne et vibre
Comme le luth d'Ariel.

Fugitive, transparente,
Faite d'azur et de nuit,
Elle semble une âme errante
Sur l'eau qui dans l'ombre luit.

Radieuse elle se joue
Sur les lotus entr'ouverts,
Comme un baiser sur la joue
De la Naïade aux yeux verts.

Que cherche-t-elle? une proie.
Sa devise est : cruauté.
Le carnage met en joie
Son implacable beauté.

MEA CULPA

Meá culpá! je m'accuse
De n'être point décadent.
Dans les fruits trop verts, ma Muse
N'ose pas mettre la dent.

Les gambades périlleuses
Ne sont pas de mon ressort :
Ces gaîtés sont dangereuses
Pour qui n'est pas assez fort.

La témérité m'enchante
Chez les jeunes imprudents;
Mais tranquillement je chante,
Laissant passer les ardents.

Ils vont, rompant tous les câbles,
Franchissant tous les fossés,
Truffant d'étranges vocables
Les hémistiches cassés,

Et composent des salades
De couleurs avec des sons,
A faire tomber malades
Les strophes et les chansons.

Du diable si je m'y frotte!
Tout ça n'est pas pour mon nez;
On m'enverrait à la hotte
Avec les journaux mort-nés.

Je deviendrais vite aphone,
Si j'allais en étourdi
M'égosiller comme un Faune
Fêtant son après-midi.

Laissons tous ces jeux d'adresse
A l'érudit, au savant.
Ce qui siérait à l'Altesse
Ne vaut rien pour le manant.

A. M. JACQUES D***

Jeune homme heureux à qui tout sourit dans la vie,
    Garde bien ton bonheur !
Tu n'as jamais connu la haine ni l'envie ;
    La paix est dans ton cœur.

Ta mère n'est plus là : mais ton père est un frère
    Et ta femme est un ciel ;
La coupe qui souvent n'a qu'une lie amère
    Pour toi n'a que du miel.

Peut-être voudrais-tu guerroyer dans l'armée
        Des conquérants de l'Art,
Et qu'un jour t'acclamant, pour toi la Renommée
        Déployât l'étendard.

Imprudent! fuis la route où son clairon résonne!
        Elle mène à l'enfer.
Si la déesse au front nous met une couronne,
        La couronne est de fer.

Tu connaîtras, hélas! si ton char met sa roue
        Dans ce chemin glissant,
L'ornière qui se creuse, et le froid sur ta joue
        De l'Aquilon puissant!

Tu connaîtras les yeux menteurs, l'hypocrisie
        Des serrements de mains,
Le masque d'amitié cachant la jalousie;
        Les pâles lendemains

De ces jours de triomphe où le troupeau vulgaire
          Qui pèse au même poids
L'histrion ridicule et le génie austère
          Vous met sur le pavois!

La Gloire est infidèle et c'est une maîtresse
          Plus âpre que la mort.
Quand on a le bonheur, à quoi bon cette ivresse?
          Crains de tenter le Sort!

Je sais qu'on avertit en vain ceux que dévore
          La soif de l'inconnu.
Si le soir est trompeur, souviens-toi qu'à l'aurore
          Je t'avais prévenu.

A MADAME PAULINE VIARDOT

Gloire de la Musique et de la Tragédie,
Muse qu'un laurier d'or couronna tant de fois,
Oserai-je parler de vous, lorsque ma voix
Au langage des vers follement s'étudie?

Les poètes guidés par Apollon vainqueur
Ont seuls assez de fleurs pour en faire une gerbe
Digne de ce génie éclatant et superbe
Qui pour l'éternité vous a faite leur sœur.

Du culte du beau chant prêtresse vénérée,
Ne laissez pas crouler son autel précieux,
Vous qui l'avez reçu comme un dépôt des cieux,
Vous qui du souvenir êtes la préférée !

Ah ! comment oublier l'implacable Fidès
De l'amour maternel endurant le supplice,
Orphée en pleurs qui pour revoir son Eurydice
Enhardi par Éros pénètre dans l'Hadès !

Grande comme la Lyre et vibrante comme elle,
Vous avez eu dans l'Art un éclat nonpareil.
Vision trop rapide, hélas ! que nul soleil
Dans l'avenir jamais ne nous rendra plus belle !

CAVE CANEM

Le chien n'est qu'un animal;
Mais l'homme, par qui tout change,
De l'animal fait un ange,
De la bête un idéal;

D'un museau noir, un poème
De jais brillant au soleil.
Rien sous les cieux n'est pareil
Aux pattes du chien qu'on aime,

A ses oreilles, tombant
Avec grâce, ou redressées,
Selon que vont les pensées
De cet être captivant.

Un sourire est dans sa queue :
Le grand poète l'a dit.
Si quelque intrus en médit,
On l'évite d'une lieue.

A son chien se confiant
Chacun pousse le courage
Jusqu'à braver de la rage
Le péril terrifiant.

Devant Azor qu'on admire
Le genre humain disparaît.
Pour plus d'une, que serait
Un amant, près de Zémire !

Ce fantoche intelligent
Grâce aux erreurs que je blâme
(Peut-être en les partageant)
Prend le meilleur de notre âme.

A M. GABRIEL FAURÉ

Ah! tu veux échapper à mes vers, misérable!
  Tu crois les éviter.
Ils sont comme la pluie : il n'est ni Dieu ni Diable
  Qui les puisse arrêter.

Ils iront te trouver, franchissant les provinces
  Et les départements,
Ainsi que l'hirondelle avec ses ailes minces
  Bravant les éléments.

Si tu fermes ta porte, alors par la fenêtre
          Ils te viendront encor,
Étincelants, cruels, comme de la Pharètre
          Sortent des flèches d'or ;

Et tu seras criblé de rimes acérées
          Pénétrant jusqu'au cœur ;
Et tu pousseras des clameurs désespérées
          Sans calmer leur fureur.

Pour te défendre, Aulète à l'oreille rebelle,
          Tu brandiras en vain
Du dieu Pan qui t'a fait l'existence si belle
          La flûte dans ta main.

Elle rend sous ta lèvre experte et charmeresse
          Un son voluptueux
Qui nous donne parfois l'inquiétante ivresse
          D'un parfum vénéneux ;

Des accords savoureux, inouïs, téméraires,
        Semant un vague effroi,
Apportant un écho des surhumaines sphères,
        Inconnus avant toi.

Mais l'essaim de mes vers, tourbillonnant, farouche,
        Sur elle s'abattra,
Obstruant les tuyaux ; le sens deviendra louche
        Des sons quelle émettra ;

Puis, jouet inutile entre tes mains d'athlète,
        La flûte se taira.
O vengeance terrible et dont l'ingrat poète
        Le premier gémira !

Car, pour lui, le retour de la rose ingénue
        Après l'hiver méchant,
Après un jour brûlant la fraîcheur revenue
        Ne valent pas ton chant !
                                        2.

LE CHÊNE

A M. Edmond Cottinet.

Le chêne a-t-il grandi? tient-il bien sa promesse,
    Ami des anciens jours?
Et ce que tu disais de lui dans sa jeunesse,
    Le penses-tu toujours?

Oui, c'était bien un chêne, et d'une fleur de serre
    Il n'a pas l'agrément;
Son écorce est rugueuse et sombre : en pleine terre
    Il a crû lentement.

Sa racine a senti bien souvent de la roche
     Le contact détesté;
Mais elle la contourne et sur elle s'accroche
     Avec ténacité.

Sa tête sans orgueil dépasse à peine l'herbe.
     Qui durera verra!
L'herbe sera fauchée, et la cime superbe
     Longtemps s'élèvera.

L'arbuste pousse vite et son riche feuillage
     A bientôt recouvert
Le jeune arbre sans grâce et sans fleurs, qu'un même âge
     Fait moins fort et moins vert.

Sois patient! le Temps qui sans pitié ravage
     Et la tige et la fleur
De l'arbuste, saura du vieux chêne sauvage
     Consacrer la valeur;

Ses branches se tordant ainsi que des reptiles
        Croîtront dans l'avenir,
Quand on aura perdu des plantes inutiles
        Même le souvenir.

A toi merci, prophète aux strophes téméraires,
        Pour avoir deviné
Que le frêle arbrisseau, battu des vents contraires,
        Était prédestiné !

MODESTIE

A M. René de Récy.

Plus d'un croit à sa victoire,
N'étant pas très érudit;
A qui connaît mieux l'Histoire
Tout orgueil est interdit.

Tu pensais, triste éphémère,
Atteindre au comble de l'art !
Poète, regarde Homère !
Ou, musicien, Mozart !

A tous ces géants énormes
Que nous montre le passé
Compare tes maigres formes,
O lutteur bientôt lassé !

Des forces de la Nature
Ils ont la fécondité ;
Ils ont la haute stature,
La surhumaine beauté

De ces montagnes sublimes
Qui sans effort à nos yeux
Montrent des fleurs, des abîmes,
Et la neige dans les cieux.

Si nous écrivons trois lignes,
L'Univers tout étonné
Est averti par des signes
Qu'un chef-d'œuvre nous est né.

Étourdi par le tapage,
L'Univers est en arrêt.
Le temps souffle sur la page :
Le chef-d'œuvre disparaît.

On encense des idoles
Avec les genoux pliés;
Ceux dont on boit les paroles
Demain seront oubliés.

Ne va pas, toi qui m'écoutes
En prenant des airs narquois,
T'aventurer dans des joûtes
Avec les grands d'autrefois !

Tu te verrais, pauvre athlète,
Aussi faible qu'un enfant
Qui prendrait une arbalète
Pour combattre un éléphant.

A AUGUSTA HOLMÈS

L'Irlande t'a donnée à nous. Ta gloire est telle
Qu'un double rayon brille à ton front : Astarté,
Aussi belle que toi, ne savait qu'être belle ;
Sapho qui t'égalait n'avait pas ta beauté.

Tu chantes, comme vibre une forêt superbe
Qu'agite la fureur des grands vents déchaînés ;
Comme aux feux de midi la cigale dans l'herbe ;
Comme sur un récif les flots désordonnés.

Ton talent réunit la force et la souplesse,
Et d'une défaillance il n'a pas à rougir;
Si tu peux gazouiller comme en son allégresse
L'oiseau des champs, tu sais comme un fauve rugir.

La République, l'Art et l'Amour ont ensemble
Mêlé leurs voix, guidés par ta puissante main,
Cette main qui jamais n'hésite ni ne tremble,
Que la lyre soit d'or ou qu'elle soit d'airain.

Tout un peuple a chanté l'Hymne de délivrance,
Vignerons, matelots, artisans, laboureurs,
Artistes et savants, parure de la France,
Les guerriers, les enfants qui leur jettent des fleurs.

A ta flamme allumée en brillante spirale
La flamme des trépieds sur tous les fronts a lui,
Et nous avons trouvé dans l'Ode Triomphale
Pour le grand Centenaire un chant digne de lui.

La Patrie adorée au tout-puissant génie
Te presse avec amour sur son cœur glorieux.
Sois par nous acclamée et par elle bénie,
Et puisse ton étoile illuminer les cieux!

A LA MEME

Il est beau de passer la stature commune;
    Mais c'est un grand danger :
Le vulgaire déteste une gloire importune
    Qu'il ne peut partager.

Tant qu'on a cru pouvoir vous tenir en lisière
    Dans un niveau moyen,
On vous encourageait, souriant en arrière
    Et vous disant : c'est bien!

Mais quand vous avez eu le triomphe insolite,
L'éclat inusité,
Cet encouragement banal et vain bien vite
De vous s'est écarté;

Et vous avez senti le frisson de la cime
Qui, seule dans le ciel,
N'a que l'azur immense autour d'elle, l'abîme
Et l'hiver éternel.

On craint les forts; celui qui dompte la chimère
Est toujours détesté.
La haine est le plus grand hommage : soyez fière
De l'avoir mérité.

ΓΝΩΤΙ ΣΕΑΥΤΟΝ

La mer tente ma lyre avec ses épouvantes,
Ses caresses de femme et ses goëmons verts.
O mer trois fois perfide! alors que tu me hantes
Sur mon indignité j'ai les yeux grands ouverts.

Je pourrais comme un autre en alignant des rimes
Dire ton glauque azur aux vastes horizons;
Je pourrais par des mots semés sur tes abîmes
Faire comme les flots s'entrechoquer des sons.

3.

Mais non, je suis trop peu pour cette rude tâche ;
Tu m'as découragé par ton immensité.
· L'effort est surhumain et je me sens trop lâche
Pour peindre dans mes vers ta terrible beauté.

Que d'autres plus hardis t'adressent la parole,
Comparent ton murmure à celui du sapin ;
Je n'ose pas. Et puis ce serait chose folle
De te chanter encor après Jean Richepin.

A M. PIERRE B***

Pierre, je t'ai vu naître et de ta jeune gloire
J'aimerais à fêter les lauriers radieux.
D'où vient donc ton silence et quelle est l'humeur noire
Qui fait plier ton aile et te ferme les cieux?

Je la connais; je sais qu'une triste chimère
A toujours assombri ton âme. La Vertu
Que tu voulais chanter dans ton désir austère
A mis son doigt glacé sur ton luth : il s'est tu.

La Vertu! que le ciel me garde d'en médire!
Il n'est rien de si beau, de si grand à mes yeux.
Mais — (mieux que moi ton père est là pour t'en instruire)
On la célèbre mal dans la langue des dieux.

Quand Homère chantait la colère d'Achille,
Quand Horace effeuillait des roses sur le vin,
Sur la reine Didon lorsque pleurait Virgile
Inventant pour la plaindre un langage divin,

Nul d'entre eux ne songeait à réformer le monde;
Poètes, ils faisaient des vers, comme en été
L'abeille cherche dans la corolle profonde
Son miel dont la saveur est une volupté.

Rouvre ton aile, ami! sois digne de ta race!
De corriger les mœurs ne va pas te flatter.
Le feu de la Jeunesse est la lave qui passe,
Et des sermons rimés ne peuvent l'arrêter.

Chante l'astre, la fleur, les bois, la mer si belle,
Les splendeurs de la Femme et les malheurs des Rois,
Le tout-puissant Amour, la Vengeance cruelle,
Et non le pot-au-feu d'un ménage bourgeois!

Sois poète : tes doigts savent toucher la Lyre;
Ils ont eu les leçons d'une savante main.
Oh! comme il me sera délicieux de lire
Le volume de vers que tu feras demain!

A GRENADE.

A M. Georges Clairin.

L'Alhambra, qu'ont bâti les enfants du prophète,
Contre la vétusté vaillamment se défend.
Il est toujours paré comme pour une fête;
On dirait qu'il espère : on dirait qu'il attend.

Qui sait — (toujours l'Islam agrandit son empire!)
Si les fils de Mahom, enchantement des yeux,
Quand le Christ ne sera plus là pour les maudire,
N'y replanteront pas l'étendard des ayeux?

Car le Christ dont la croix pâlit sur les murailles
N'est plus l'inspirateur des conquérants jaloux ;
Les peuples d'Occident se livrent des batailles,
Mais ce n'est plus la Foi qui dirige leurs coups.

Ils ergotent sans fin sur des questions vaines ;
Ils veulent agrandir la terre sous leurs pas ;
Et, faisant bon marché des souffrances humaines,
Devant les pleurs, le sang, ils ne désarment pas.

Ils ne veulent pas voir, aveugles et stupides,
L'ange exterminateur qui vient pour les punir !
Le néant est au bout des luttes fratricides :
Ils disparaîtront tous, s'ils ne savent s'unir ;

Et quand, repus de gloire et soûlés de carnages,
Ils seront endormis dans l'éternel sommeil,
De l'Orient divin, d'où sont venus les Mages,
De l'Orient vainqueur renaîtra le Soleil !

NE SOYONS PAS TROP DÉBONNAIRES

Ne soyons pas trop débonnaires;
Aimer quand même est lâcheté.
Pour les méchants restons sévères,
Gardons aux bons notre bonté.

Pardonnez! dit-on. — C'est facile,
Et doux même aux cœurs bien placés.
L'âpre vengeance est inutile;
Le mépris venge bien assez.

Mais prodiguer à tous les traîtres
Le trésor de son amitié!
Jeter son or par les fenêtres
A des assassins sans pitié!

Devant eux ôter sa cuirasse!
Presser sur un sein désarmé
Ceux dont on peut suivre la t race
A tout le mal qu'ils ont semé!

Ce n'est pas seulement faiblesse,
C'est une mauvaise action.
De quoi paira-t-on la tendresse,
La fidèle dévotion

De l'ami vrai, si l'hypocrite
Dont le sourire est plein de fiel
Comme celui qui la mérite
Reçoit l'amitié, don du ciel!

Pour le Titan point de clémence!
Il est précipité des cieux.
Le dragon périt sous la lance
De l'Archange victorieux.

Ayons plus de miséricorde;
Mais pas d'attendrissement vain!
Aux méchants le sage n'accorde
Qu'un entier et parfait dédain.

LES HEURES

Toutes nous blessent, la dernière
Nous tue, ayant enfin pitié
Quand elle achève sans colère
L'œuvre faite plus d'à moitié.

Les autres, même la plus douce,
Hélas! nous usent lentement,
Et chacune d'elle nous pousse
Vers le funèbre monument.

Funèbre? non. Quelle caresse
Vaut le sommeil sans lendemain?
Vienne l'heure, pâle maîtresse
Qu'on espère jamais en vain !

Elle viendra, consolatrice,
Tarir la source des remords :
Nulle passion tentatrice
Ne trouble le repos des morts.

Ces heures, pleines d'espérance,
De terreur ou de volupté,
Ne sont pourtant qu'une apparence,
Un rêve sans réalité.

Le temps, l'espace : vain mirage,
Mots creux auxquels rien ne répond;
Bruit de la vague sur la plage,
Du caillou dans le puits profond !

Avec le mètre et l'heure, infime,
L'homme prétend jauger les mers
Dont l'infini creuse l'abîme,
Qui pour flots ont des univers !

Sonnez, sonnez, Heures futiles,
Mensonge par l'homme inventé !
Résonnez ! vos sons inutiles
Se perdent dans l'éternité.

SÆVA MATER AMORUM

A Madame ***

Tu m'as persécuté toujours dans ta colère ;
    Tu n'as pas pardonné,
O Vénus ! qu'au grand art, à l'étude sévère
    Mon cœur se fût donné ;

Et tu m'as mis au flanc la chimère éternelle
    De l'Idéal rêvé :
L'amour pur comme l'eau des lacs, profond comme elle,
    Que je n'ai pas trouvé.

4

Qui sait? pour vivre heureux dans les bras de la femme
   Et protégé par toi,
Fille des flots amers! peut-être au fond de l'âme
   Faut-il avoir la foi,

Ne pas chercher un cœur pareil au sien, qui batte
   Toujours à l'unisson,
Se contenter de la poupée, et quand on gratte
   Rire en voyant le son;

Croire quand même, alors que l'effronté mensonge
   Vient nous crever les yeux,
Prendre pour vérité ce qui n'est qu'un vain songe
   Et l'enfer pour les cieux;

Oublier tout, ne voir que la femme en ce monde,
   Se coucher sur le seuil
Et sous un pied vainqueur jusqu'en la boue immonde
   Abattre son orgueil.

L'homme, ô Vénus! peut-il dans ton culte perfide
Trouver le vrai bonheur,
S'il doit sacrifier sur ton autel avide
Ce qui fait sa grandeur?

Qu'il soit maudit, l'autel dont la flamme dévore
Et la science et l'art,
Qui bannit la pensée et du cœur qui l'adore
Veut le sang pour sa part!

Déesse sans pitié, charmerais-tu le monde
Pour le déshériter?
Mère de la beauté, tu dois être féconde
Ou ne pas exister.

ADAM ET ÈVE

Eritis sicut Dii.

I

L'ivresse est envolée et l'espérance est morte :
Ils ont goûté le fruit de l'arbre défendu.
Jamais l'Ange pour eux ne rouvrira la porte
Du paradis perdu.

Depuis que du bonheur ils ont touché la cime,
Soumis au châtiment, résignés à souffrir,
Ils ne regrettent rien, ni l'exil, ni le crime,
Ni l'horreur de mourir.

4.

La faim, la soif, n'ont rien dont leur cœur se désole,
Ni le soleil de feu, ni le désert géant;
Qu'importe! ils ont l'Amour: de tout il les console
Et le reste est néant.

Car l'Amour, engendrant voluptés et tortures,
N'était pas dans l'Eden aux vertus condamné:
Il fallait pour qu'il fût connu des créatures
Que le crime fût né.

C'est sur le Désespoir que fleurit l'Espérance;
Pour que le Rut devînt l'Amour prodigieux
Il fallait aux humains le remords, la souffrance
Et les pleurs dans les yeux.

Sicut Dii! Ce mot du tentateur suprême
Était donc vrai: le Mal nous a divinisés.
L'Homme innocent jamais n'eût connu par lui-même
Tout le prix des baisers!

Ils changent notre bouche en exquise blessure
Par où coule à longs traits le sang des cœurs maudits,
Nous rendant chaque jour, mortelle nourriture,
        Le fruit du paradis.

II

Tu savais bien, Iaveh! qu'en sa chair frémissante
L'Homme, prompt à bénir et prompt à blasphémer,
Cache une âme qui brûle, à vouloir impuissante
        Et faite pour aimer!

Tu mets près de la lèvre un fruit qui la désire;
Tu dis : c'est le plaisir; n'y touchez pas! pourquoi?
Sous notre pied glissant l'abîme nous attire :
        Qui l'a creusé? c'est toi!

Sentant de ton pouvoir s'ébranler l'édifice,
O Dieu cruel! en vain pour racheter le Mal
Tu donneras ton Fils, offert en sacrifice
    Comme un vil animal!

Trop tard! le blé se sèche et l'ivraie est fertile!
Trop tard! le Mal a fait son œuvre pour toujours!
Ton Fils sur un gibet souffre et meurt inutile :
    Et l'Homme, plein de jours,

Dédaignant tes Edens, méprisant tes supplices,
Laissant aux chérubins ta céleste Sion,
Bravant la mort, l'enfer, se plonge avec délices
    Dans la Damnation.

Sicut Dii! non! non! le tentateur des âmes
N'a pas dit vrai : car l'Homme est plus grand que les Dieux
Qui, n'ayant pas brûlé des diaboliques flammes,
    Se contentent des Cieux!

L'Homme règne en vainqueur sur la Terre sublime.
Il vit : les Dieux sont morts ou se taisent, lassés :
Son front touche le ciel, son pied fouille l'abîme :
     Lui seul, et c'est assez.

SONNETS

CHARLES GOUNOD

Son art a la douceur, le ton des vieux pastels.
Toujours il adora vos voluptés bénies,
Cloches saintes, concert des orgues, purs autels :
De son œil clair il voit les beautés infinies.

Sur la lyre d'ivoire, avec les Polymnies,
Il dit l'hymne païen, cher aux Dieux immortels.
« Faust » qui met dans sa main le sceptre des génies
Égale les Juans, les Raouls et les Tells.

De Shakspeare et de Gœthe il dore l'auréole;
Sa voix a rehaussé l'éclat de leur parole :
Leur œuvre de sa flamme a gardé le reflet.

Échos du mont Olympe, échos du Paraclet
Sont redits par sa Muse aux langueurs de créole :
Telle vibre à tous vents une harpe d'Éole.

A M. HENRI SECOND

Réponse à son sonnet
Peines d'amour perdues.

Si nous nions le jour pour la lueur fugace,
C'est que depuis l'aurore on égare nos pas,
Avec un soin jaloux nous dérobant la trace
Du droit chemin, qu'hélas ! nous ne connaissons pas.

Le poison du mensonge a nourri notre race,
Le venin dans la coupe abreuve nos repas :
En nos veines il coule et du sang prend la place ;
Le pain de vérité nous donne le trépas.

I esprit faussé depuis la première jeunesse,
Comment goûterions-nous les vrais biens? notre cœur
A senti du Serpent la trompeuse caresse;

Il prend pour l'Idéal une impossible ivresse,
Méprisant la Nature et le simple bonheur :
Le Vrai voile sa face et le Faux est vainqueur.

A M. GEORGES AUDIGIER

Non, *loin des yeux* n'est pas *loin du cœur*! le contraire
Pour les âmes d'élite est plutôt vérité.
Quand d'amis sérieux il s'est fait une paire,
L'un ne trahit pas l'autre après l'avoir quitté.

L'éloignement détruit l'amitié du Vulgaire
Pour qui coule toujours l'eau du fleuve Léthé;
C'est un sable mouvant : Bien fol et téméraire
Qui se fierait jamais à sa solidité !

A nous qui caressons la divine chimère
Et dont les hauts pensers se rencontrent aux cieux,
Que font en plus, en moins, quelques pas sur la terre?

Loin de l'Antiquité, nous adorons ses dieux,
Nous chérissons Virgile et vénérons Homère ;
Désirant nous revoir nous nous aimerons mieux.

A M. R. DE LA B***

En Espagne, mais loin du Tage
Quand je me promène en chantant,
Avez-vous retrouvé Carthage
Aussi belle qu'en la quittant?

Vous êtes fidèle à l'image
D'un passé bien vague pourtant.
Vous accuser d'être volage
Serait un mensonge éclatant.

Jeune homme, vous êtes un sage !
Vous ne suivez pas le mirage
D'un prisme mobile et changeant ;

Vous marchez droit, avec courage,
Guidé par le pas diligent
De Minerve au casque d'argent.

CADIX

Blanche, verte et rosée,
Ignorante des maux,
Cadix, perle irisée
Dans le reflet des eaux,

Par la chaleur lassée
Préfère aux durs travaux
Du corps, de la pensée,
Les courses de taureaux.

La baie immense creuse
Sa coupe radieuse
Pleine d'azur subtil;

Cadix, joie et délice,
De l'énorme calice
Est l'éclatant pistil.

LE FOUJI-YAMA

La solitude sied à l'âme endolorie
Lasse de tout plaisir et veuve du bonheur
Qui n'a plus rien à craindre et se sent aguerrie
Contre l'âpre destin par l'excès du malheur.

Vous qui souffrez et qui pleurez, n'ayez pas peur
D'être seuls; de vos maux il se peut que l'on rie
Si vous vous asseyez près du joyeux viveur,
Et la foule banale est aux lieux où l'on prie.

Ce mont fut un volcan : le temps l'a dévasté,
Il est éteint. Les jours sont passés, où la lave
Le long de ses beaux flancs ruisselait comme un gave.

Maintenant revêtu d'immortelle beauté,
Seul dans le ciel, géant de neige à l'aspect grave,
Il n'est plus que silence et qu'immobilité.

POÉSIES DIVERSES

ADIEU

A M. Louis Gallet.

Je pars. Le vaisseau superbe
Qui m'emportera demain
Comme un sanglier dans l'herbe
Dort, puissant, calme et hautain.
Trouverai-je la tempête?
Le cyclone, cet enfer?
Qu'importe! c'est une fête
De s'évader sur la mer.

Je vais dans une île verte
Que couronnent les volcans;
Cette île n'est pas déserte :
On y vit plus de cent ans.
Là sont des plantes énormes,
Des feuillages d'ornement.
Vous m'attendrez sous les ormes
En disant : quel garnement!
Les succès et les déboires
Des artistes du moment,
Les batailles oratoires
Des membres du Parlement,
L'Opéra, temple des gloires
Et des ennuis mêmement,
Je vous laisse ces histoires :
Jouissez-en largement!
Moi, j'aurai pour nourriture
De mon âme et de mon cœur
Le calme de la Nature,
L'oubli, père du bonheur!
Ce sont voluptés réelles;

Et je m'embarquerai sur
Les triomphantes nacelles,
Bercé par la mer d'azur
Où les poissons ont des ailes!

EN ESPAGNE

Guitares et mandolines
Ont des sons qui font aimer.
Tout en croquant des pralines
Pépa se laisser charmer
Quand jetant dièzes, bécarres,
Mandolines et guitares
Vibrent pour la désarmer.

Mandoline avec guitare
Accompagnent de leur bruit
Les amants suivant le phare
De la beauté dans la nuit;
Et Juana montre, féline,
(Guitare avec mandoline)
Sa bouche et son œil qui luit.

LE JAPON

A Madame Judith Gautier

Rêve de laque et d'or, le Japon merveilleux,
Planète inaccessible, étonnement des yeux,
Brillait là-bas. Ce qu'il accomplissait naguère,
Aucun peuple n'a su ni ne saura le faire;
C'était surnaturel à force d'être exquis;
Son génie éclatait dans le moindre croquis.
Il avait sa façon de comprendre les choses;
Les oiseaux, les poissons, l'arbre, les lotus roses.

La lune même, avaient des aspects inconnus
Dans son art fantastique et vrai pourtant. Corps nus,
Ou vêtus comme nul n'est vêtu sur la terre,
Les Japonais vivaient gaîment et sans mystère
Dans leurs maisons de bois aux cloisons de papier.
Nourris d'un peu de riz, exerçant un métier,
Ils travaillaient sans hâte, en riant; leur envie
Se bornait simplement à jouir de la vie,
A cultiver des fleurs, à charmer leurs regards
Par tous ces bibelots qu'avaient créés leurs arts.
Ils poétisaient tout; chez eux les hétaïres,
Adorables, étaient « marchandes de sourires ».
De l'Extrême-Orient ils étaient l'Orient,
Et la Chine pour eux n'était que l'Occident.

.*.

Ils sont las d'être heureux! Il leur faut l'Industrie,
Le labeur écrasant, la machine qui crie,
Siffle, obscurcit l'azur de ses noires vapeurs,
Nos costumes sans goût, sans formes, sans couleurs,

Notre vulgarité, nos chapeaux impossibles,
Nos pantalons, nos arts frelatés et nos bibles.
Ils étaient jolis dans leurs habits japonais;
Sous nos accoutrements ils veulent être laids.
Leurs femmes, d'élégance et de grâce prodiges,
Étaient comme des fleurs se penchant sur leurs tiges;
Elles pouvaient au monde imposer leurs atours,
Changer l'axe du beau, le thème des amours!
Mais telle qui traînait des robes de déesse
Avec nos falbalas n'est plus qu'une singesse.
C'en est fait! du Japon il faut faire son deuil,
Tuer l'illusion et clouer son cercueil.
« L'Empire du Soleil Levant » n'est plus qu'un trope;
C'est l'Extrême-Occident, le singe de l'Europe!

L'ARBRE

L'arbre, dont on fera des planches,
Est vivant; il lève ses branches
Comme de grands bras vers les cieux;
Avec un murmure joyeux
Il agite son beau feuillage
Où l'oiseau plus joyeux que sage
En chantant viendra se poser;
Il donne à la terre un baiser

De fraîcheur, dans la forêt sombre;
On n'oserait compter le nombre
De ses feuilles et de ses fleurs;
C'est une fête de couleurs
Quand sa verdure monotone
S'enrichit aux feux de l'automne
De pourpre et d'or; dans ses ramures,
La nuit, comme en des chevelures
On voit briller les diamants
Aux yeux éblouis des amants,
Les constellations scintillent;
Des peuples d'insectes fourmillent
Sur lui, vivent de son sang clair,
Pur et limpide comme l'air
Qui baigne sa cime orgueilleuse;
L'enfant, la fillette rieuse,
Malgré son âge et son aspect
Auguste, viennent sans respect
Cueillir avec des cris de joie
Ses fruits savoureux, douce proie!
Il est la force et la beauté;
Il est la vie et la gaieté;

A l'hamadryade pareille
Dans ses flancs se cache l'abeille...

*
* *

La longue racine, sans bruit,
Trace son chemin dans la nuit.
Elle est l'obscure nourricière ;
Tandis qu'inondé de lumière
L'arbre balance dans l'azur
Son front verdoyant, d'un pas sûr
Elle s'enfonce dans la fange ;
L'arbre chante et rit, elle mange ;
La feuille respire, au soleil
La fleur ouvre son sein vermeil ;
Mais la racine vit sans joie :
Pour que l'arbre à nos yeux déploie
Tant de charmes et de splendeurs,
Il faut qu'au monde des laideurs,
De la pourriture fétide,
Elle plonge, dans l'ombre humide.

La froide limace, le ver,
Toute une faune de l'enfer
Rampe sur son écorce grise;
Elle s'insinue, elle brise
La pierre sous son lent effort;
Dans l'œil de la tête de mort
Elle enfonce ses radicelles
Sans hésiter; elle est de celles
Qui ne s'arrêtent devant rien;
Pour elle il n'est ni mal ni bien.

* *

Oh! Dans les rayons, les étoiles
Et l'azur, à travers les voiles
Des légers brouillards du matin,
Admirez l'arbre, le satin
Des feuilles, le velours des mousses,
Le vert tendre des jeunes pousses;

D'un œil charmé voyez encor
L'éclat des fleurs et des fruits d'or :
Mais ne cherchez pas le mystère
De la racine sous la terre!

LA STATUE

Le sculpteur modèle l'argile;
Puis, prenant le marbre indocile,
Le pétrit dans sa main habile
Avec un patient effort;

Ou bien sous sa fière tutelle
Il soumet le bronze rebelle :
Si la matière en est moins belle,
Pour vaincre le temps il est fort;

Et contre ce temps qui le tue
L'Homme en vain lutte et s'évertue,
Quand, bronze ou marbre, la statue
Immobile, impassible, voit

De son œil fixe et sans prunelle
Passer les siècles devant elle
Et s'avancer l'ombre éternelle
Qui sur le passé toujours croît.

Tristes autels où se consume
Un reste de tison qui fume,
Enfoncez-vous dans cette brume
Où le soleil ne luira plus!

Les dieux meurent : leurs temples vides
Sont comme ces déserts arides
Où frissonnaient jadis les rides
Des grands océans disparus;

Mais l'Art a conservé l'image
Du dieu que vénérait le mage
Et que le fou comme le sage
Venait adorer en tremblant :

Ce n'est plus le dieu qu'on adore;
C'est sa forme vivante encore,
C'est la Beauté, divine aurore
Sortant, pure, du marbre blanc!

MORS

Pourquoi craindre la mort? pourquoi s'effrayer d'elle?
    La mort est chose naturelle :
Naître, vivre et mourir, c'est tout l'homme en trois mots.
    Comme aux flots succèdent les flots,
Comme un clou chasse l'autre, un homme prend la place
De celui qui vivait hier, et qui n'est plus ;
    On s'en va sans laisser de trace.
    C'est la loi. Les derniers venus

Reprennent le fardeau qui tombe de l'épaule
Des anciens fatigués par le rude chemin
        Qui va de l'un à l'autre pôle.
Ils ont marché longtemps; le repos vient enfin.
On devrait le bénir, et comme une caresse
Accueillir le baiser de l'obscure déesse.

Ah! dit l'homme, autrefois, quand on avait l'espoir
D'un bonheur éternel, en s'endormant au soir
De la vie, on croyait que sous la froide pierre
        S'ouvrait un gouffre de lumière;
        La mort était alors un bien.
    Mais quoi! songer, en mon destin morose,
Qu'après avoir vécu je ne serai plus rien...

    — Crois-tu donc être quelque chose?

LE PAYS MERVEILLEUX

A M. Albert Périlhou.

Lorsqu'on a cheminé bien longtemps dans la plaine,
Que les pieds sont lassés du chemin parcouru,
On voit surgir au loin, vision surhumaine,
Le mont géant. Il est brusquement apparu,
Enveloppé d'azur et baigné de lumière;
Plus haut que la nuée aux contours éclatants
Il élève sa cime; on dirait qu'à la Terre
Il est extérieur : ses pics étincelants

Se dressent radieux dans un monde de gloire;
C'est le pays rêvé, c'est l'Olympe des Dieux
Qui boivent le nectar sur des trônes d'ivoire,
C'est l'Idéal! montons, allons vivre en ces lieux
Enchantés! gravissons la montagne, courage!
Encor! montons encor! toujours! élevons-nous
Au-dessus des forêts, au-dessus de l'orage
Qui pour nous arrêter roule d'effrayants coups
De tonnerre, et soufflant ses bruyantes rafales
Brise et disperse au loin les branches des sapins;
Là-haut plus de tempête, et plus de brouillards pâles
Qui voilent le soleil! les vigoureux alpins
Bravant sans hésiter fatigues et vertiges
Auront pour récompense un séjour merveilleux
Interdit à jamais aux faibles; des prodiges
Attendent le regard de ces audacieux
Qui méprisent le sol où rampent les timides.
En route vers les cieux, loin des plaines humides,
En avant!

     — Mais le roc a déjà remplacé
La terre verdoyante et les pentes fleuries;

Malgré l'ardent soleil, c'est un souffle glacé
Qui tombe sur nos fronts ; nos mains endolories
S'écorchent au contact de la muraille à pic
Qu'il faut escalader au risque de la chute.
Plus un être vivant : le scorpion, l'aspic,
Habitants des déserts, abandonnent la lutte
Avec une nature implacable. Voici
La neige immaculée, et voici dans la glace
Perfide qui se fend, s'entr'ouvre, et sans merci
Nous engloutit, l'affreux piège de la crevasse.
Enfin l'air manque, et l'on respire avec effort...
Le pays merveilleux est celui de la mort.

Et c'est la plaine alors, la plaine dédaignée,
Déroulant à nos pieds des tableaux inconnus,
Qui dans l'azur et dans la lumière baignée
Oppose sa richesse aux rochers froids et nus.

La vie à sa surface est partout répandue:
Confondant sa limite avec celle du ciel,
L'œil ne peut mesurer son immense étendue..

O mirage qui fais d'un calice de fiel
La coupe dont l'éclat fascinant nous attire,
Tu nous trompes toujours! l'inassouvissement
De l'âme des humains est l'éternel martyre,
Et de leur fol orgueil l'éternel châtiment.

BOTRIOCÉPHALE

BOUFFONNERIE ANTIQUE

BOTRIOCÉPHALE

A M. Coquelin Cadet.

SCÈNE PREMIÈRE

Un bois. BOTRIOCÉPHALE, seul. Il est très jeune,
adolescent, d'une grosseur énorme et d'une laideur repous-
sante.

BOTRIOCÉPHALE.

En vain j'en ai douté longtemps... je suis fort laid.
Un Faune n'est jamais très joli ; mais il est
Des laideurs... vous savez bien ce que je veux dire,
Et ce n'est pas du tout mon cas. J'apprête à rire !
Aussi large que haut, disgracieux, ventru,
Si je parle d'amour je suis un malotru.
— Une Nymphe s'enfuit : c'est pour qu'on la rattrape
Dans les saules ; sa fuite est l'amoureuse trappe
Où se prend la candeur des Faunes ingénus
Immolés par Éros à sa mère Vénus.

On adresse en passant une parole osée
Aux belles dont les pieds s'étoilent de rosée :
Les belles font semblant d'avoir peur. Avec moi
C'est différent : j'excite un redoutable émoi,
Car je n'ai jamais fait mes frais. Sort misérable !
J'attendrirais plutôt le chêne ou bien l'érable
Au cœur dur, le rocher par Sisyphe roulé,
L'enclume de Vulcain, le fils de Sémélé,
Hercule, que la Nymphe aux yeux de violette
Qui bondit en chantant sur les flancs de l'Hymette !
Rester vierge est mon lot... — pour apaiser ma faim
Allons chercher des fruits, de la crème et du pain.

Il sort tristement.

SCÈNE II

ALECTON entre joyeusement. Elle est métamorphosée
en nymphe ; ses bras sont nus et ses cheveux retombent
librement sur ses épaules. Type de beauté perverse et
cruelle.

ALECTON.

Je viens de me mirer dans l'eau d'une fontaine.
Pluton n'a pas menti : la beauté souveraine

Me revêt de splendeur. — La Furie Alecton,
Noire comme la nuit, sèche comme un bâton,
Serait méconnaissable à l'œil le plus sagace ;
Elle est Nymphe de pied en cap, Nymphe de race !
— Lasse à la fin de faire endurer des tourments
Aux morts, je veux aussi tourmenter les vivants,
Et l'amour malheureux est leur plus grand supplice !
C'est pourquoi j'ai voulu la beauté. — Mon caprice
A fait rire Pluton sur son trône de jais.
— Je te donne congé, m'a-t-il dit. Va-t'en ! mais
Crains les jeunes amants dont la fierté superbe
Fleurira sur tes pas comme chardons dans l'herbe !
Qu'un seul prenne un baiser sur ton joli menton
Et la Nymphe aussitôt redevient Alecton.
— Un baiser ! et pourquoi le laisserais-je prendre ?
Parce que je suis belle, en serai-je plus tendre ?
Je méprise l'amour : son charme tant vanté
Me semble fade ainsi que l'eau du froid Léthé.
Des feux s'allumeront aux rayons de ma face,
Mais ils ne fondront pas mon cœur : il est de glace
A jamais...

7.

SCÈNE III

ALECTON, BOTRIOCÉPHALE, qui rentre tenant une
corbeille de fruits.

BOTRIOCÉPHALE, *à part.*

— Une Nymphe au regard inconnu !

ALECTON, *à part.*

Un Faune au ventre énorme, au vaste front cornu !

BOTRIOCÉPHALE, *à part.*

Vient-elle de l'Olympe ou des bois du Taygète ?

ALECTON, *à part, avec une curiosité bienveillante.*

Comme il est gros et lourd ! la monstrueuse tête !

BOTRIOCÉPHALE, *à part.*

O Vénus ! qu'elle est belle !

ALECTON, *à part, avec admiration.*

O Pluton ! qu'il est laid !

Je n'ai jamais vu rien...

BOTRIOCÉPHALE, *toujours à part.*

Une jatte de lait...

ALECTON, *toujours à part.*

D'aussi difforme...

BOTRIOCÉPHALE.

... Est moins blanche que son visage...

ALECTON.

Même au enfers...

BOTRIOCÉPHALE.

Mais quoi, si je ne suis pas sage,

Elle me chantera bientôt turlututu

Comme les autres; mieux vaut se taire.

ALECTON, *à Botriocéphale.*

Où vas-tu,

Faune ?

BOTRIOCÉPHALE, *toujours à part.*

Brillants et purs, ses yeux sont deux étoiles.

ALECTON, *à part.*

L'araignée est moins laide au milieu de ses toiles.

BOTRIOCÉPHALE.

Je n'oserai jamais...

ALECTON, *à Botriocéphale.*

Tu ne me réponds pas,

Jeune Faune?

BOTRIOCÉPHALE, *à Alecton.*

J'allais faire un léger repas,

Du laitage, des fruits... bien que depuis l'aurore
Je sois dans la forêt, n'étant pas carnivore
Ce peu que je tiens là me suffit.

ALECTON, *à Botriocéphale.*

Près de moi
Viens!

BOTRIOCÉPHALE.

Mais... je...

ALECTON.

Suis-je faite à donner de l'effroi?

BOTRIOCÉPHALE, *à part.*

Comment!... elle m'appelle!... Ah! ce n'est pas pos-
Je rêve...   [sible,

ALECTON *à Botriocéphale.*

Viens!

A part, charmée.

Il est parfaitement horrible!

BOTRIOCÉPHALE, *à part.*

Je ne lui fais pas peur... ma foi, profitons-en!
Comme sera plus tard don César de Bazan
Soyons hardi...

*Il s'approche d'Alecton qui s'assied sur un tronc
d'arbre et l'invite à s'asseoir près d'elle. —
A Alecton.*

                — Du bois le feuillage est humide,
N'est-ce pas? il y fait bien frais.

         ALECTON, *à part, avec indulgence.*

                          Il est timide.

           BOTRIOCÉPHALE, *à Alecton.*

On entend murmurer la fontaine ici près
Sur un beau lit de mousse, à l'ombre des cyprès.

           ALECTON, *à Botriocéphale.*

Je l'entends murmurer.

              BOTRIOCÉPHALE.

                   Le vol des hirondelles
Dans l'azur éclatant met des battements d'ailes.

                ALECTON.

Je les vois.

              BOTRIOCÉPHALE.

Et les fleurs, parure de l'été....

        ALECTON, *l'interrompant.*

Tu ne me parles pas, Faune, de ma beauté!

BOTRIOCÉPHALE.

Je n'ose pas.

ALECTON.

Pourquoi?

BOTRIOCÉPHALE.

C'est que... c'est la première
Fois qu'une Nymphe à l'œil ruisselant de lumière
Consent à m'écouter.

ALECTON.

Pourquoi?

BOTRIOCÉPHALE.

Je suis si laid!

ALECTON.

Eh! qu'importe si l'on n'est pas beau, quand on plaît?

BOTRIOCÉPHALE.

Vous ne vous moquez pas?... avec ces bras de neige,
Ces cheveux d'or...

ALECTON.

Mais non, et pourquoi le ferais-je?

BOTRIOCÉPHALE.

Vous me trouvez...

ALECTON, *affectueusement.*

Affreux ; je l'ai dit, tu me plais.
Et toi, n'aimes-tu pas la laideur ?

BOTRIOCÉPHALE.

Je la hais !

ALECTON, *s'éloignant de Botriocéphale, à part.*

Gare au baiser ! s'il voit ma véritable forme
Il fuira. —

A Botriocéphale.

Conte-moi des douceurs, Faune énorme !
En prose, en vers, fais-moi d'amoureux compliments
Qui reflètent ta flamme et peignent tes tourments !
Tu me feras plaisir.

BOTRIOCÉPHALE.

Hélas ! on me rabroue
Quand près de la beauté je veux faire la roue ;
Si bien que je n'ai pas su prendre encor le ton
Des choses qu'on enroule autour d'un mirliton.
Mais si dans mes discours je parais indigeste,
Peut-être je saurai mieux parler par le geste ;
Laisse-moi commencer par un baiser.

ALECTON.

Non pas!

BOTRIOCÉPHALE.

Si je te plais, pourquoi refuser ?

ALECTON.

Le trépas

Alors. Faune, vois-tu, ma pudeur est si forte
Que je craindrais, sous ton baiser, de tomber morte.

BOTRIOCÉPHALE, *à part*.

La pudeur est un fleuve, il faut qu'elle ait son cours ;
Patience.

ALECTON.

Si tu ne fais pas de discours,
Au moins dis-moi ton nom.

BOTRIOCÉPHALE, *toussant pour s'éclaircir la voix*.

Hum !

D'une voix tonnante.

Botriocéphale !

ALECTON.

Il éveille l'écho. C'est comme une rafale
Qui passe.

BOTRIOCÉPHALE.

Et le tien; quel est-il?

ALECTON, *évasivement.*

Nymphe des bois.
Charme-moi. Fais entendre un peu ta grosse voix,
Chante!

BOTRIOCÉPHALE.

Dans le gosier j'ai là comme une arête
Qui, si je veux chanter, à tout instant m'arrête;
Et la chèvre Amalthée est comme un rossignol
Auprès de moi.

ALECTON.

Pour me distraire, attrape au vol
Des papillons... ou danse en jouant de la flûte!

BOTRIOCÉPHALE.

Danser! je ne saurais; à chaque pas je bute.

ALECTON.

Je le veux! danse!

BOTRIOCÉPHALE.

Mais je n'ai jamais dansé!
Je ne sais pas danser!

ALECTON.

Mon cher Botriocé-
phale, en invoquant la divine Terpsichore,
Jeune comme tu l'es, tu peux apprendre encore
L'art de la danse; il n'est que la première fois
Qui coûte ! mais si tu refuses, dans les bois
Je prends ma course et fuis jusqu'à perte d'haleine;
Tu ne me joindras pas, courant comme Silène
Quand il est ivre; et tu feras en vain des vœux
Pour me revoir. Adieu pour toujours!

BOTRIOCÉPHALE.

Tu le veux!

*Il danse. Alecton qui le contemple avec une admira-
tion croissante, arrive peu à peu à une exaltation
extraordinaire.*

ALECTON, *à part.*

Ah ! pourquoi l'ai-je fait danser?... je suis perdue!
A connaître l'amour serais-je descendue ?
Quel émoi! quel trouble! et quelle insolite ardeur
Me dévore! je brûle!

Avec passion.

Ah ! c'est trop de laideur!

Il n'était que hideux, le voilà ridicule!
La borne du grotesque à son aspect recule!
Je n'en puis plus... je l'aime!...

A Botriocéphale.

O Faune saugrenu,
Grâce! tourne vers moi ton masque biscornu!
Prends ce baiser que t'offre une Nymphe expirante...
Tu seras mon amant... je serai ton amante...

BOTRIOCÉPHALE.

Est-il possible! ô joie!

ALECTON.

Arrête! ah! qu'ai-je dit?
Si tu savais...

Fuyant et se débattant.

O dieu cruel!.. Pluton maudit!

BOTRIOCÉPHALE *la poursuivant.*

Tu m'aimes!

ALECTON.

Par pitié!...

BOTRIOCÉPHALE.

Ce baiser qui m'attire,

Je l'aurai!... tu verras la fin de mon martyre !

Il l'embrasse.

ALECTON, *poussant un cri effroyable et reprenant sa forme de Furie.*

Ah !

BOTRIOCÉPHALE, *épouvanté.*

Mais qui donc es-tu?...

ALECTON, *d'une voix terrible.*

La Furie Alecton !

BOTRIOCÉPHALE.

Horreur ! horreur ! Va-t'en !

ALECTON.

Au revoir ! chez Pluton !

FIN

TABLE

SONNETS

POÉSIES DIVERSES

6787-90. — CORBEIL IMPRIMERIE CRÉTÉ.